LA
LIBERTÉ RECONQUISE,

DITHYRAMBE,

PAR

A. L. BLANCHARD,

MEMBRE DE LA SOCIÉTÉ FRANÇAISE DE STATISTIQUE UNIVERSELLE,
DE L'ACADÉMIE TIBÉRINE, DE CELLE DES ARCADES DE ROME,
DES SOCIÉTÉS LINNÉENNE ET PHILOMATHIQUE DE BORDEAUX, ETC.

PARIS,

CHEZ LES MARCHANDS DE NOUVEAUTÉS.

Août 1830.

LA

LIBERTÉ RECONQUISE,

DITHYRAMBE.

IMPRIMERIE DE H. FOURNIER,
RUE DE SEINE, N° 14.

LA

LIBERTÉ RECONQUISE,

DITHYRAMBE,

PAR

A. L. BLANCHARD,

MEMBRE DE LA SOCIÉTÉ FRANÇAISE DE STATISTIQUE UNIVERSELLE,
DE L'ACADÉMIE TIBÉRINE, DE CELLE DES ARCADES DE ROME,
DES SOCIÉTÉS LINNÉENNE ET PHILOMATHIQUE DE BORDEAUX, ETC.

PARIS,

CHEZ LES MARCHANDS DE NOUVEAUTÉS.

Aout 1830.

Les événemens à jamais mémorables qui viennent d'illustrer la ville de Paris, ont produit dans tous les esprits un enthousiasme qu'il serait difficile de peindre.

Cet élan spontané et tout-à-fait magique qui s'est opéré au nom sacré de la Liberté, a réveillé en moi des sentimens patriotiques qui sont gravés dans le cœur de tous les Français. Aussi, obéissant à l'impulsion générale, j'ai repris cette lyre à laquelle je dois les plus douces jouissances de ma vie, et dont les accords étaient depuis long-temps suspendus par de plus graves occupations, pour célébrer le triomphe de la plus belle des causes.

Je me serais cru coupable et indigne de jouir des droits que nous avons reconquis, si je n'avais payé mon tribut aux héros de juillet.

Au milieu des circonstances vraiment extraordinaires où nous avons été placés pendant quelques jours, il était à désirer que l'on vît arriver à la tête du gouvernement un homme capable de nous préserver du terrible fléau de la guerre civile, et dont les sentimens bien connus pussent nous garantir des libertés qui ont déjà tant coûté à la France. Tous les vœux se sont tournés vers ce

Prince , vraiment populaire, digne fils de Henri IV , qui est venu partager nos périls et offrir son dévouement à la France que l'on voulait asservir , comme jadis il lui offrit sa valeur à Jemmapes et à Valmy , lorsque l'ennemi menaçait de l'envahir.

Ces vœux, librement manifestés par toutes les classes de la nation , ont été compris de ses dignes représentans qui , en offrant la couronne au Roi-Citoyen qui va nous gouverner, ont acquis des titres immortels à la reconnaissance de la patrie.

Je m'estimerai très-heureux, si de faibles accords , dictés par l'amour que je porte aux institutions de mon pays, peuvent me mériter le suffrage bienveillant de mes concitoyens.

N. B. Je crois devoir avertir le lecteur que, par le mot *tyrannie*, j'ai voulu désigner cette secte criminelle, ennemie de la France, qui a failli nous plonger dans les plus grands malheurs. Les vrais *tyrans*, qui en étaient les organes, sont ces ministres coupables dont l'audace a insulté à la dignité de la nation, en violant tous ses droits.

LA

LIBERTÉ RECONQUISE,

DITHYRAMBE.

———————◀◆◇◆▶———————

TEL que l'oiseau sacré qui renaît de sa cendre,
La fière Liberté vient de se faire entendre :
Plus belle qu'en ces jours où d'un chant solennel
    Tyrté, sur son luth immortel,
    Aux nobles phalanges d'Athène
    Répétait les mâles accens,
    Ou, contre les fils de Messène

De Sparte conduisait les soldats triomphans;

Radieuse, elle vient sur les bords de la Seine

Briser nos fers, détrôner ses tyrans.

Salut, fille de l'empyrée;

Hâte-toi, reprends tes autels :

Vois fuir ces lâches criminels,

Dont la main renversa ton image adorée,

Et voulut te proscrire au nom des immortels.

Ramène ces couleurs, dont l'aigle au vol rapide

Couronna, triomphant, l'antique pyramide,

Et le dôme du minaret;

Qu'Austerlitz admira, que reconnut Arcole,

Et qui sur le Kremlin ainsi qu'au Capitole

Jetèrent leur brillant reflet.

Cet étendard sacré, que guida la victoire

Dans tous les champs fameux, témoins de notre gloire,

    Nous promet de nouveaux succès;

    Et si jamais une horde étrangère

Osait de notre sol insulter la frontière,

Il ferait triompher les bataillons français.

    Le drapeau de la tyrannie

    A son aspect s'est éclipsé,

    Et de la France le génie

    Loin de ces lieux l'a repoussé.

De ce grand Citoyen qu'admirent les deux mondes,

    Entendez-vous la noble voix?

Il daigne encor venger les blessures profondes

    Qu'aux peuples ont faites les rois.

Liberté! Liberté! que ce cri magnanime

Enfante de nombreux guerriers!

Accours, peuple vraiment sublime,

Viens cueillir d'éclatans lauriers,

Et que la France qui t'admire

Apprenne à soutenir ses droits,

Si le tyran qui dans l'ombre conspire

Osait un jour braver nos lois.

L'air retentit partout des chants de la victoire :

Les héros de Paris ont déjà triomphé;

L'effort du despotisme est par eux étouffé,

Et leurs noms immortels, au temple de Mémoire,

Honneur d'un peuple libre et l'effroi des tyrans,

Tout rayonnans de gloire,

De notre liberté deviendront les garans.

Mais quoi! j'entends des chants funèbres!....

D'où partent ces tristes sanglots

Qui du temple des arts ont troublé les échos

Et se perdent au loin dans le sein des ténèbres?

Consolez-vous, ô veuve infortunée!

Illustres orphelins, soyez pleins de fierté:

Comme les Grecs à Chéronée,

Vos pères ont péri.... c'est pour la Liberté!

De couronnes d'immortelles

Ornons ces modestes tombeaux

Où reposent tant de héros

A leur patrie, à leurs sermens fidèles.

Que, chaque jour, la main de la beauté

Jette des fleurs dans cette enceinte

Qu'honore la dépouille sainte

Des vengeurs de la Liberté !

La terre sera plus légère

A leurs mânes moins irrités,

Et leur mort sera moins amère

Aux citoyens qu'ils ont quittés.

Qu'un noble monument, offert par la patrie,

S'élève sur ce sol encore ensanglanté,

Et qu'ici l'âme attendrie,

Lorsqu'un rayon douteux nous prête sa clarté,

A cette heure où la vierge prie,

Dans une sainte rêverie,

Lise ces mots, gravés par l'immortalité :

Ils sont morts pour la Liberté ! ! !

Ils sont morts!.. Oui!.. Mais du sang de ces braves
 Naîtraient des milliers de héros,
 Si, pour nous rendre encore esclaves,
 On nous forgeait des fers nouveaux.

 Tel qu'un vaisseau, retiré du naufrage
  Par de courageux matelots,
  Qui, pour atteindre le rivage,
  Et braver la fureur des flots,
D'un pilote exercé réclame la prudence,
De notre Liberté redoutant la licence,
Au citoyen habile, issu du sang des rois,
Confions ce dépôt, sous la garde des lois.
Laissons certains esprits rêver la république;
Bannissons loin de nous ce projet chimérique.

 Honneur à ces représentans

Qui des Français forment l'aréopage,

Et qui, méprisant les autans,

Ont enchaîné la foudre et comprimé l'orage.

Toi seul, qui, jeune encore, aux plaines de Valmy,

D'un cri de Liberté fis trembler l'ennemi,

Tu connais nos dangers, et ton âme sublime,

De nos maux mesurant l'abîme,

S'empresse de les partager.

De la guerre civile écrasant le fantôme

Des malheurs qui souillèrent Rome

Tu viens nous préserver.

Des lois que dicte la sagesse

Protègeront la Liberté:

LA CHARTE, désormais, EST UNE VÉRITÉ,

Philippe en jure la promesse.

D'Orléans, par tes soins, que de mortels heureux !

Mais, aussi, dans leur cœur quels transports généreux ?

Déjà j'entends partout dans notre belle France,

Chanter l'hymne d'amour et de reconnaissance :

    Je vois un peuple libre et fier

    Qui, renaissant à l'espérance,

Proclame pour son roi le plus noble guerrier.

Ce prince vénéré, que la justice éclaire,

Fait commencer pour nous un siècle plus prospère :

Il veut que ses sujets, conduits par l'équité,

Sous l'égide des lois vivent en liberté.

La paix et les beaux-arts environnent son trône ;

Son sceptre est la valeur ; la bonté, sa couronne.

Philippe, de nos droits l'auguste défenseur,

Des beaux-arts, des talens éclairé protecteur,

Du règne de Henri va retracer l'histoire,

Et de ce siècle heureux nous rappeler la gloire.

Le savoir, protégé par son puissant appui,

Avec honneur pourra se montrer aujourd'hui.

Qu'il soit heureux ce roi qu'en tous lieux on révère !

Chacun de ses sujets le chérit comme un père ;

Et son nom immortel, ainsi que ses bienfaits,

D'âge en âge sera béni par les Français.